HIER ET AUJOURD'HUI

Paris. — Imprimerie Gauthier-Villars, 55, quai des Grands-Augustins.

HIER
ET AUJOURD'HUI

OU

SOUVENIRS D'ENFANCE,

DU

BON PAYS VENDOMOIS,

PAR

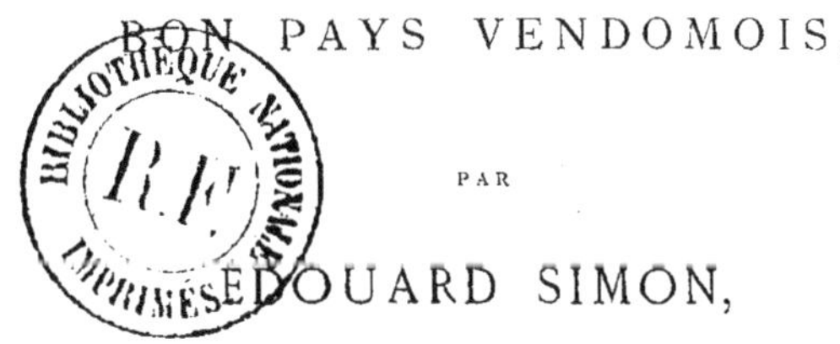

ÉDOUARD SIMON,

Chevalier de la Légion d'honneur, ancien Professeur à l'École d'artillerie de Metz
et au Lycée de cette ville,

AUTEUR DE : COURS DE DESSIN GRAPHIQUE A L'USAGE DES SOUS-OFFICIERS DE L'ARTILLERIE
ET DES ÉLÈVES DES LYCÉES,
PANORAMA DE METZ A VOL D'OISEAU OU NOUVEAU GUIDE A TRAVERS SES FORTIFICATIONS,
LES CANONS RAYÉS ET LES PLACES FORTES,
LA FORTIFICATION ALLEMANDE ET LA FORTIFICATION FRANÇAISE,
ET DE DIVERS AUTRES OUVRAGES

DEUXIÈME PARTIE

PARIS — 1875

LES ENFANTS D'AUJOURD'HUI

ET

LES ENFANTS D'AUTREFOIS

> « Il renonce aux courses ingrates,
> « Revient en son pays, voit de loin ses pénates,
> « Pleure de joie et dit : « Heureux qui vit chez soi ! »
> (La Fontaine, livre VII, fable xii.)

PUISSANCE DE LA TENTATION.

Eh bien!... que vous disais-je?... Aujourd'hui, cet espoir
Que mes tout derniers mots vous faisaient entrevoir,
  Ici se réalise!...
A ce sujet ainsi plus aucune méprise!...
Voilà, tentation! un de tes charmants tours!...
D'abord, on te résiste... un, deux, trois, quatre jours...
  Puis, quand vient le cinquième,
  Le vif désir renaît,
  Grandit, devient extrême!...
Sans cesse on y revient... sans cesse on s'y complaît...
Et, bientôt terrassé, vaincu... cédant à la tempête,
  Force vous est, hélas!
De cesser toute lutte et de courber la tête!...
Tel est, en vérité, juste ici, notre cas.
Résignons-nous alors, car, en définitive,
Quoi de plus innocent que telle tentative!...
Soit donc, et remontant à nos lointains beaux jours,
De nos chers souvenirs suivons encore le cours...
Et, sans transition, sans tarder davantage,
Reprenons ce récit. Ensemble... allons!... courage!...

FAUBOURG SAINT-LUBIN.

RAVIN DE SAINT-LUBIN. — CHAPELLE SAINT-LÉONARD.

Faubourg Saint-Lubin (1).

En route donc alors... et prenons ce chemin,
Nous conduisant là-bas... au faubourg Saint-Lubin.
A droite, maintenant, gagnons cette ruelle (2)...
Mais... de grâce !... Voyons... ne sourcillez pas tant !...
Cette voie, oh ! sans doute, est bien loin d'être belle,
Et je me garde bien de la donner pour telle...
   Mais, raisonnons pourtant :
Faut-il donc se fier toujours à l'apparence,
Plus trompeuse parfois, allez ! qu'on ne le pense...
Et l'enveloppe est-elle indice sûr du fruit,
Lors même qu'elle répugne, ou quand elle séduit ?...
Oh ! tant pis pour celui qui s'y laisserait prendre,
   Et, dans un cas pareil,
De l'aspect seulement voudrait prendre conseil !...

Ravin de Saint-Lubin (3).

Ceci donc établi, gagnons, sans plus attendre,
Notre objectif, hélas ! loin de tout recelé,
   Dans ce coin isolé.
Car, regardez plutôt la profonde crevasse
   De ce profond ravin...
Et, dame ! voyez-vous, ma foi, quoi que l'on fasse,
Si d'ici nous voulons joindre notre chemin,
Nous devons forcément en franchir la surface.

(1) Saint-Lubin ou Saint-Léobin, autrefois faubourg Saint-Georges, situé au sud de Vendôme : ancienne voie conduisant du pays des Carnutes (Chartres) au pays des Turones (Tours).

(2) De notre temps, étroite et obscure communication, ne portant alors, je crois, aucun nom, mais aujourd'hui décorée de celui de rue, et, bien mieux, de celui de : rue des Écoles.

(3) Profonde excavation, connue, de notre temps, sous le nom de *ravin de Saint-Lubin*, entr'ouverte par les eaux du ciel, provenant de ce plateau sud de la ville, et au travers de laquelle elles s'échappent, quand, formant torrent, elles viennent à faire irruption, et de là vont se rendre dans le lit du Loir.

Chapelle Saint-Léonard (1).

Mais, pour vous éviter,
Peut-être, par hasard, quelque sotte méprise,
Il est bon, je le crois, qu'à présent je vous dise
Quel est ledit endroit qu'il nous faut visiter.
Sachez-le donc alors : c'est une ancienne église,
Dont il ne reste plus aujourd'hui, seulement,
D'autre trace que celle
D'un modeste fragment
Qui de *Saint-Léonard* abrite la chapelle.

A QUELLE ÉPOQUE REMONTENT LES FAITS QUI VONT SUIVRE.

Mais, un moment encore!... Pour bien vous pénétrer
De ces faits que je vais à l'instant vous narrer,
Convenons entre nous d'une chose, à l'avance :
En arrière comptons douze lustres céans,
Et, de ce nombre alors, remontons la distance
De la course du temps;
Puis, avec confiance,
Parcourons, sur-le-champ, le feuillet effacé
Sous la masse des ans de ce lointain passé.

PREMIER ACTE SOLENNEL D'UN JEUNE CHRÉTIEN.

Ainsi donc prévenus, plus ombre de déboire,
Et, sur ce, pénétrons dans ce saint oratoire.
Aussi bien, le voici!... Regardez!... voyez-vous?
Tout près... si recueilli, cet enfant à genoux...
Vers le ciel adressant son ardente prière,
Et dont, en ce moment, l'âme tout entière,

---

(1) Petite chapelle servant autrefois de bas-côté au prieuré de Saint-Léonard, aujourd'hui détruit. Seul, ce petit bâtiment est resté debout et a été constitué en presbytère pour l'archidiacre de Vendôme, auquel cette chapelle sert d'oratoire. Les abords y conduisant sont sans aucun doute peu récréatifs. Ce quartier, cependant, tend chaque jour à se transformer, car depuis quelque temps on a établi, dans son voisinage, quelques constructions importantes, notamment l'hôtel du général commandant en chef la garnison. Il est vrai qu'un tel emplacement pour une semblable destination semble, au premier abord, quelque peu énigmatique; mais il est en toutes choses certaines considérations dont il faut savoir pénétrer le secret pour les bien apprécier; or, pour ceux à qui celui-ci échappe, leur rôle se borne tout simplement à savoir s'incliner, et c'est, quant à nous, ce que nous faisons ici.

S'inspirant de ce lieu,
Croyante et bienheureuse, est absorbée en Dieu !...
. . . .
Néanmoins, remarquez, dans toute sa personne,
Cet air troublé, contrit... Voyez comme il frissonne
Au moindre mouvement, au plus infime bruit
              Qui parfois se produit,
              Quand devant lui s'agite
Cette petite porte... où, derrière, s'abrite
              Un membre du clergé !...
Que redoute-t-il donc?... Mais, chut!... faisons silence!...
Il se lève et paraît de craintes assiégé...
Où va-t-il?... et d'où vient son humble contenance?...
Ah! tout s'explique enfin!... S'il se trouve aux abois,
C'est qu'il se rend ainsi, pour la première fois,
Devant le tribunal,... dit de la pénitence !...
Et puisque nous voici témoins de son cher but,
Assistons, jusqu'au bout, à ce pieux début.
Or, nous sommes servis, vraiment par aventure,
Dans la plus favorable et commode mesure,
              Car, le pauvre petit!...
Par ma foi, l'on entend d'ici tout ce qu'il dit,
Toute faible pourtant, et toute chevrotante,
Que vibre jusqu'à nous, sa voix si tremblotante!...

CONFESSION PRONONCÉE A TROP HAUTE VOIX.

Écoutons les aveux de ce cœur si fervent :
« J'ai... mon Dieu!.. comment dire?... Oh!... j'ai menti!... — Souvent?
              — Oh! oui, mon père!...
— C'est bien mal, mon enfant!... il ne faut plus le faire...
Après?... courage!... allons!... — J'ai cédé... quelquefois...
— A quoi donc?... achevez, parlez avec franchise...
— A la... — Moins bas! Voyons... élevez donc la voix!...
— A la... paresse!... puis... — Puis?... — A la gourmandise!...
Oh !... la paresse!... enfant... quel énorme péché!...
Ne vous en montrez plus... non... jamais... entaché,
Car nul n'en peut prévoir la triste conséquence!!...
Et, soyez-en certain... quant au pauvre gourmand,
Il rencontre toujours son juste châtiment !...
Donc, chassez promptement si perfide tendance!...

Ensuite ?... — Ah!... bien ingrat... à ma si digne sœur...
Mon aînée!... et, de plus, un ange de douceur...
J'ai causé maint chagrin et profonde tristesse,
En venant sans pitié la taquiner sans cesse,
Malgré son dévouement, malgré son si bon cœur
    Et toute sa tendresse!!...
— C'est encor là, mon fils, un fort vilain défaut,
        Dont, au plus tôt,
            Il faut
        Rompre la triste chaîne,
Pour ne plus désormais en encourir la peine!...
Maintenant, mon petit, êtes-vous bien au bout?...
— Non, mon père... plus qu'un... ou deux péchés, peut-être,
Que j'ai bien du regret de vous faire connaître,
Puis, plus de crainte après... mon Dieu!... ce sera tout!...
— Voyons, je vous écoute... Eh bien?... — Oh! non, je n'ose!...
        — Allons... rassurez-vous!...
— Mais, mon père!... je crains votre juste courroux ..
Car, pour ceux-là... bien sûr... bien sûr, c'est autre chose!...
— Calmez-vous, mon ami, n'ayez nulle frayeur,
Le bon Dieu, voyez-vous, est rempli d'indulgence,
        Et, pour tout grand pécheur,
Son cœur est constamment un trésor de clémence!...
— Merci, donc... je reprends, rempli de confiance...
Hélas! escaladant les murs de nos voisins,
J'ai... souvent ravagé... pillé leurs chers jardins!...
Puis... à l'école aussi... furetant en cachette,
Près des casiers tout pleins, de mes jeunes amis,
Ah! sens dessus dessous, parfois je les ai mis,
Pour chiper une image, un fruit, une canette (1)!...
. . . .
Ah! maintenant, c'est dit!... que je suis soulagé!...
— Ainsi donc, c'est bien tout, cette fois, je l'espère?
        — Oh! oui, bien vrai... mon père!...»
. . . .
Alors vint à la suite : et sermon obligé,
        Acte de pénitence,
        Puis de contrition,
        Et l'absolution
        Termina la séance!.......

---

(1) On donne, dans le pays vendomois, le nom de *canette* à la petite boule de pierre servant
de jeu aux enfants, et que l'on désigne généralement partout ailleurs sous le nom de *bille*.

Bienfait d'un tel acte.

Aussi, voÿez partir, tout heureux, tout content,
        Ce jeune pénitent!
        Comme il saute!... il gambade!...
A tous il donnerait volontiers l'accolade,
        Et, comme un jeune fou,
        Leur sauterait au cou,
Heureux d'être ainsi quitte avec sa conscience!!...

Quel était ce jeune pénitent?

Eh bien! ce jeune enfant, rempli d'un saint effroi,
Dont nous venons d'entendre ici la confidence,
Et de voir à l'instant la sage contenance,
Savez-vous qui c'était.?. Oh!... mon Dieu!... c'était... moi!...
Moi... qui, mettant le pied sur le sol de la vie,
Y débutais alors par le plus beau côté,
En venant y purger et la boue et la lie,
Pour respirer l'air pur... l'air de la chrétienté!...

. . . .
Or, lorsque de ce lieu venait s'offrir la vue,
        Si puissamment pourvue
        D'un tendre souvenir,
Aurais-je pu, voyons, me soustraire au désir
De goûter volontiers la pure jouissance
        D'une telle présence?

. . . .
Ce plaisir donc ainsi se trouvant satisfait,
Continuons alors de nouveau ce trajet.

RUE DE LA GRÈVE.

Son aspect à certaine époque.

Un instant cependant!... Par où nous faut-il prendre?...
Eh! mon Dieu! suivons donc tout droit notre chemin...
Et, dans ce but alors, sans plus longtemps attendre,
        Côtoyons ce ravin;
Puis, sa longueur entière une fois parcourue,
        Nous trouverons enfin,
        A la suite, une rue,

Dont le nom de la Grève indique clairement
De son sol rocailleux la base et l'élément.
Car, souvent, par le flot on la voit envahie,
Quand le torrent accourt, furieux, déchaîné
          Par la neige ou la pluie,
Et roule sur son fond, tout fangeux, raviné.
Or, ces pauvres maisons qui forment sa bordure,
          Il faut alors les voir,
Dans cet affreux conflit de la triste nature,
Attendre que ces eaux se perdent dans le Loir!...
Là, tout près, en effet, tranquillement, derrière,
          A deux pas seulement,
          Et parallèlement,
          Coule notre rivière.

Notre peu de sympathie pour cette rue.

Le croirait on, pourtant?... Chose assez singulière!...
          — Surtout quand on connaît
          L'irrésistible attrait
Que de ce bon pays le moindre voisinage
Exerçait sur nous tous, enfants de ce jeune âge, —
Bien rarement, allez!... oh! le plus rarement,
          On vit dans cette rue
          Notre troupe accourue,
Pour venir y chercher l'ombre d'un agrément...
Nul de nous, en ce point, n'en trouvant apparence!...
          Pour mon compte, bien mieux,
          Loin d'avoir, pour ces lieux,
          La plus mince tendance,
          Il arrivait plutôt
          Qu'à leur vue, aussitôt,
Je sentais naître en moi certaine répugnance!...
Et cette impression, je l'éprouvai toujours
          A son moindre parcours!...
Or, dans ce moment même, oui... je l'éprouve encore!..
En dire le motif... franchement je l'ignore,
Et, pour le découvrir, où chercher le secours?...
Qui sait?... pourtant, mon Dieu! s'il ne tient point, peut être,
A l'incident suivant que vous allez connaître!...

Incident dont elle a été pour nous le théâtre, et se rattachant à certain

événement historique (1).

> De l'Empire aux abois déjà sonnait le glas,
>> Car, par l'enfer vomies,
>> Les hordes ennemies,
> Sur notre pauvre sol, s'avançaient à grands pas !...
> Plus qu'un jour... et soudain notre pauvre contrée,
> Par ces bandes, allait de près être serrée ! !...
> A la hâte, partout, on s'enfuit donc alors,
> Emportant avec soi ses valeurs, ses trésors,
> Pour ne point leur laisser cette grasse curée !...
>> Aussi, de son côté,
> Justement alarmé, tout aussitôt, mon père,
>> Désireux de soustraire
>> A leur rapacité
> Son seul trésor, à lui : toutes ses marchandises,
> Au prix de tant d'efforts si chèrement acquises,
> Voulut-il sur-le-champ les mettre en sûreté !...

(1) C'était en 1814 !... On touchait aux derniers jours de mars, et déjà l'armée ennemie, coalisée, se trouvait aux portes de Paris, lorsque l'impératrice Marie-Louise, sur les conseils de Cambacérès, s'empressant de fuir la capitale, se dirigea sur Tours par Chartres et Vendôme, suivie d'une partie de sa maison et emmenant avec elle son fils, le roi de Rome, alors âgé de trois ans. Arrivée dans nos murs, elle y séjourna vingt-quatre heures et, de là, partit pour Blois, où tout le conseil des ministres et les deux frères de l'Empereur : Jérôme et Joseph, vinrent la rejoindre. C'est même dans cette ville que, quelques jours après, elle apprit l'abdication de Napoléon ! Or, puisque nous en sommes ici au chapitre des souvenirs d'enfance, consignons-en un qui se rattache à ces mêmes circonstances. Par une coïncidence singulière, lors du séjour de l'Impératrice dans notre ville, l'hôtel où elle résidait, celui même où est établie aujourd'hui la sous-préfecture, — et qui était alors la propriété de madame de Choisy, — n'était séparé du mur du jardinet bordant le derrière de notre maison, que par une ruelle étroite, conduisant aux *planchers* ou lavoirs desservant une partie de notre rue. Et, quoique je ne fusse qu'un tout jeune enfant alors, subissant néanmoins les influences de ces jours, et surtout imprégné des aspirations de mon père, fanatique partisan de Napoléon, qu'il considérait à l'égal d'un demi-dieu, je brûlai du désir de contempler l'Impératrice et tout particulièrement le petit roi de Rome. Aussi, combien de fois, grimpant sur un arbre longeant le mur de séparation de notre jardin, me hissai-je de là sur ce mur, pour essayer de satisfaire ma vue ! Or, je dois l'avouer, la fortune me vint en aide ; mes efforts furent couronnés d'un plein succès, car, à plusieurs reprises, j'eus l'heureuse chance de contempler ces illustres personnages ; et ce souvenir, ai-je besoin de le dire ? ne s'est jamais effacé de ma mémoire. C'est donc dans les circonstances dont il va être question, que se produisit le passage du courrier ci-après mentionné, sorte de messager du reste fort fréquent, dans ce moment, à Vendôme, par suite des nombreuses dépêches, nécessitées par ces graves événements.

Décidé brusquement à risquer l'aventure,
Son parti donc est pris : bientôt tout est roulé,
                    Ficelé,
                    Emballé,
Et porté promptement au fond d'une voiture,
Toute prête, à la porte, attendant le moment
                    Du fatal dénouement (1)!...

 . . . .
Ceci fait, déguisant sa profonde tristesse,
Le chagrin qu'il éprouve et le poids qui l'oppresse,
Il nous embrasse tous... l'air souriant, content...
                    Et... pourtant!...
Puis, à la dérobée, il fait signe à ma mère,
Qui, les larmes aux yeux, suffoquant, sanglotant,
Nous emmène aussitôt : mes deux sœurs, moi, mon frère !...
                    Lui seul... le pauvre père !
— Heureusement doué d'une ferme raison, —
Se résignait alors à garder la maison,
Et, du départ des siens faisant le sacrifice,
A boire jusqu'au bout cet horrible calice !...

Notre fuite précipitée de la maison paternelle.

Comment vous retracer ce serrement de cœur,
Nos soupirs, nos sanglots, notre vive douleur,
Et ces larmes coulant, ruisselant sur nos joues,
Quand... sentant imprimé le roulement des roues,
Il nous fallut, hélas !... adresser notre adieu
                    A ce bienheureux lieu,
Où nous laissions ainsi l'âme de notre vie !...
Ah ! de rester... combien tous nous avions envie !...
Mais l'heure avait sonné... plus moyen de faiblir !...
De peur d'être surpris, force étant de partir !...
Lentement donc alors la voiture s'avance,
                    Et tels, en ce moment,
Etaient notre chagrin et notre abattement,
Qu'un seul mot ne vint point troubler notre silence !...
De quel côté prit-on ?... Je n'en ai souvenance !...

(1) La promptitude de cette exécution s'explique tout naturellement, car ces marchandises consistaient toutes en objets faciles à caser : pièces d'argenterie, bijoux en or, etc., mon père étant orfévre-bijoutier.

Mais, chose bien plus forte!... En quel point allions-nous
        Chercher un autre asile ?
C'est ce que nous, enfants, je crois, ignorions tous!...
Car, que nous importait : village, bourg ou ville,
Pourvu que loin de nous l'ennemi fût laissé ?
Aussi, se succédant, un bon nombre de rues
A notre insu déjà se trouvent parcourues !...
De Saint-Georges, ainsi, voilà le pont passé,
Puis, tout au bout, bientôt, à droite l'on détourne!...
Mais... on entend soudain un galop prononcé!...
Chacun de nous alors s'agite et se retourne...
        Plus de doute, ô mon Dieu !...
        C'est la cavalerie
        De la troupe ennemie,
        Qui pénètre en ce lieu !...
On retient le cheval... la voiture s'arrête...
Au dehors, à l'envi, tous nous tournons la tête...
C'était... devinez, voire ?... Ah ! c'était... un courrier,
Qui portant un message à notre Impératrice,
Alors même opérant son fatal sacrifice,
Après elle courait, vite, à franc étrier...
Et que, comme toujours, précédait l'estafette !...
Nul n'éprouva vraiment plus affreuse venette
        Que nous, en ce moment,
Nous croyant poursuivis par tout un régiment!...

Cause peut-être réelle de mon impression personnelle à l'égard de cette rue.

Eh bien! c'est juste ici, dans cette même rue...
        Que nous est survenue
Cettedite aventure. Et, maintenant, ma foi,
        Là, peut-être, est la cause
        Si toujours, malgré moi,
J'éprouve, à son aspect, volontiers quelque chose,
Comme un sentiment vague, ou bien certain effroi.

Fin de cette aventure.

Et, pour qui veut savoir la fin de notre histoire,
Sachez que nous allions de ce pas à *Montoire*,

Où ne dura que peu notre triste séjour,
Car, mon père, rempli de moins de défiance
A l'endroit des desseins de la Sainte-Alliance,
S'empressa de hâter bientôt notre retour...

. . . .

A cet égard, ici, comme lui tournons bride,
Et détournons nos pas de ce sol trop aride.

FONTAINE SAINT-GEORGES.

Nos exploits près de cette fontaine.

De même que l'abeille est, tout en cheminant,
Constamment à l'affût pour trouver bonne aubaine,
De même allons partout, tournant et retournant,
Sans trêve à la recherche, et toujours butinant.
Ici près regardez alors cette fontaine,
Qui, sans nous inspirer grande admiration,
       N'en vaut pas moins la peine
D'être, un moment, l'objet de notre attention.
Elle n'offre pourtant aucune inscription,
       Pas la moindre devise
       Réclamant qu'on la lise,
         Et forçant
         Le passant
De faire acte, à la fois, de longue patience
       Et non moins de science,
Quand surtout, juste ciel! son savant bulletin
Vous force à déchiffrer une énigme en latin !...
Oh! cependant... combien en ma tête elle évoque
De souvenirs nombreux !... et, pour les decouvrir,
Que de calendriers il nous faut parcourir,
Afin d'en retrouver la si lointaine époque!!...

. . . .

Notre présence fréquente près de cette fontaine. — Son but.

Malgré tout, néanmoins, je me revois encor,
Avec joie accourant vers cette pure source,
Des Rebecca du temps précieuse ressource,
       Et leur riche trésor !...

Quel plaisir nous avions, — au cours de nos fredaines, —
Autour d'elles rôdant, tournant, faisant le guet,
Et nous en approchant quand leur joyeux caquet
Débitait bruyamment leur mutuel chapelet,
A renverser alors leurs cruches toutes pleines !...
Ou, lorsqu'auprès du bord se trouvait leur essaim,
En tapinois venant interrompre leur fête,
A lâcher une pierre au milieu du bassin,
Les inondant ainsi des pieds jusqu'à la tête !!...

Fruit que nous en recueillions.

Mais les flots sont changeants !... et ces charmants exploits...
    Recevaient quelquefois
    Leur juste récompense,
    Quand, de ces Rebecca,
    A quelques pas de là,
Un ardent défenseur signalait sa présence !!...
Car, bientôt celui-ci, prenant alors en main
    Leur innocente cause,
En un clin d'œil, allez ! se chargeait de la chose,
Dans ledit bassin même en nous plongeant soudain !...

Obstination de l'enfance.

Etions-nous corrigés par cette rude épreuve ?
    En voulez-vous la preuve ?...
Nous recommencions tous... juste... le lendemain !...
Mais ce sont là, voyons, de ces faits dont personne
    Entre nous ne s'étonne,
    Chacun pertinemment
Ne connaissant que trop de cette pauvre enfance
    Le sot aveuglement !...
Oh ! quoi donc nous corrige ?... Hélas !... l'expérience !...
Et malheur ! ô mon Dieu !... malheur ! quand elle vient !
Car, dans un tel moment, c'est souvent l'impuissance
    Qui seule nous retient !

Quelle peut être l'origine de cette fontaine.

Mais... laissons de côté toutes ces philippiques,
Puis ces réflexions par trop philosophiques,
Et vers notre fontaine il nous faut revenir,
A son endroit ici, pour en pouvoir finir.

. . . .

Par qui fut-elle, un jour, ou construite ou léguée,
Et, dans ce coin, pourquoi tristement reléguée ?
C'est un point sur lequel j'ignore absolument
Jusqu'au plus petit mot, au moindre document !...
Mais ce sujet, étant hors de ma compétence,
M'oblige forcément à garder le silence,
Et sur un autre objet, crainte de tout retard,
Empressons-nous alors de jeter le regard (1).

LES PLANCHES (2).

Passerelles et îlots. — Leur ravissant aspect.

Touristes amateurs, qui, dans toutes contrées,
Cherchez, partout courant et par monts et par vaux,
Quelque site charmant digne de vos pinceaux,
Arrêtez-vous ici... les voilà rencontrées,
Dans ce tout petit coin, au milieu de ces eaux,
Objet de vos désirs, ces gracieuses vues,
De tant d'attraits divers et de charmes pourvues !...
　　Coquet, mignon, ravissant archipel,
　　　　Aux ondes transparentes,
Dans leur cristal mirant et ces branches pendantes,
Et ces roseaux touffus, et la terre et le ciel !...

(1) Tout ce que nous pourrons dire au sujet de cette fontaine se rapportera seulement à la nature de ses eaux. Or, l'analyse a démontré qu'elles tiennent en dissolution une forte dose de carbonate de chaux.

(2) Sortes de petites prairies, au nord-ouest de la ville, séparées entre elles par des ramifications du Loir formant ainsi autant de canaux pittoresques, que l'on franchit au moyen de passerelles, consistant tout simplement autrefois en madriers ou planches, dépourvues même de garde-fous, d'où leur nom de *Planches*.

De quelles scènes ces lieux étaient le théâtre.

Déesses de la Fable! ô pudiques naïades,
Si vous présidiez à ces lieux fortunés
Quand, pour jouir du bain, sur ces bords amenés,
Joyeux, nous accourions par nombreuses brigades,
Ah! que de fois alors vous avez dû frémir,
A l'aspect de vos eaux bruyamment agitées,
Et vous voilant les yeux, tristes, épouvantées,
De notre nudité justement révoltées,
Gagnant votre retraite, y plonger et gémir!...
Car, il faut l'avouer... non, nous n'avions pas même,
      En semblable moment,
       — Oh! sur nous anathème! —
Cette fameuse feuille, infime tégument,
Que pour tout voile, hélas! notre malheureuse Ève,
Victime du serpent, expiant son erreur,
En voyant brusquement s'évanouir son rêve,
S'adapta promptement pour sauver sa pudeur!...

  . . . .

Je vous retrouve aussi, — peut-être moins rustiques, —
Vous, aux ais si mal joints, ponts presque fantastiques,
Dont le trajet dut être, à maints et maints peureux,
Maintes fois bien pénible et non moins dangereux!

      Visiteurs assidus de ces rivages.

Et vous tous, amateurs de ces îlots magiques,
D'outre-Manche accourus, voisins si fanatiques,
      A l'extrême, de tout,
      Et de pêche, surtout...
Je vous revois de même, encore sur ces rives,
Votre ligne tendue en ces ondes si vives...
      Et fort adroitement
Sans cesse lui donnant ce petit mouvement,
Saccadé, cadencé... constant sautillement,
De la vorace truite ainsi piquant l'envie,
      En simulant la vie
      Au factice poisson
Avec tant d'art cachant le perfide hameçon.

Mon désir d'imiter leur exemple. — Comment j'y réussissais.

Oh! moi, souvent aussi, sur ces mêmes rivages,
Tranquille, mais caché sous leurs épais ombrages,
Comme vous, je venais, habitants d'Albion!
Cultiver les élans de cette passion!
Mais alors, pauvre enfant, à la modeste allure,
Il me fallait, hélas! limiter mon butin
Tout au plus à l'actif d'une pauvre friture...
    Et de menu fretin!...
Car, si mal outillé, le fruit de mon ravage
Se bornait tout au plus à de maigres vairons,
    Ablettes ou goujons!...
Heureux, trois fois heureux, quand de rares gardons
Venaient se joindre encore à ce brillant bagage!
. . . .
Ah!... c'est qu'il fallait voir le curieux harnais
Qu'entre mes mains, alors, oh! mon Dieu!... je tenais!. .
Une horrible baguette, ou quelque informe gaule,
Enlevée au bûcher ou bien à quelque saule!..
Un long cordon de fil me tenant lieu de crin;
Pour hameçon, hélas!... à la diable assortie,
Une épingle... à grand'peine au fil assujettie!...
   ' Pour achever enfin,
Comme asticot, toujours, une visqueuse achée,
Tant bien que mal, ma foi!... par mes soins attachée!...
Ah! voilà ma personne en tel cas harnachée!...
. . . .
Dire pourtant qu'ainsi j'ai pu prendre parfois
Des fritures, ô ciel!... à s'en lécher les doigts!...
Dame!... il faut l'avouer : dans ce vrai jeu d'adresse,
Entre nous, je montrais du flair, de la finesse!...
Et quoi donc, après tout, de bien étourdissant
Dans semblables succès, une fois en passant?...
Aussi, quand rayonnaient ces beaux jours d'allégresse,
Chargé de mon butin chacun a pu me voir,
Triomphant, l'emportant, noué dans mon mouchoir,
Aux passants, volontiers, tenté, dans mon délire,
   De leur crier bien haut :
   « Voyez!... pas si nigaud,
Qui sait par son adresse emporter tant à frire! »

BRAS DU LOIR RÉUNIS EN UN SEUL GROUPE.

Mais assez!... Plus longtemps au flot du souvenir
  Ne donnons point carrière,
Car, arrêtés ici, le moyen d'en finir?...
  Plus bas, donc, en aval, suivons notre rivière,
Rassemblant en ce point, si longtemps divisés,
Ses bras en un seul groupe enfin réalisés.
Là, bien plus forte alors, et surtout plus profonde,
Éloignant de nos murs la route de son onde,
Et tout à l'heure enfin leur faisant ses adieux,
Elle va désormais arroser d'autres lieux (1).

ÉPISODE SE RATTACHANT A CES LIEUX

ET CONCERNANT UN MEMBRE DE L'ANCIENNE FAMILLE ROYALE DE FRANCE.

Mais, puisque nous voici dans ce cher voisinage,
  Ici laissez-moi donc consigner certain trait,
    Dont ce même rivage
  Fut jadis le témoin... et qui, noble élan, fait,
    — Comme cœur et courage,

(1) La mention de cette rivière se rencontrant en ce moment sous notre plume, pourquoi ne saisirions-nous pas, en passant, cette occasion, pour relater son cours si bienfaisant, depuis sa source jusqu'à son embouchure? Rappelons donc alors, pour mémoire : qu'elle prend sa source dans le département d'Eure-et-Loir, aux étangs de Cernay; elle parcourt dans ce même département 76 kilomètres, entre ensuite dans celui de Loir-et-Cher, où elle vient baigner successivement : Morée, Fréteval, Vendôme. A partir de ce point, — celui où nous venons de la laisser, — elle arrose tour à tour, aux portes de notre ville : la lisière de Courtiras, Montrieux, Naveil; puis, plus loin, Thoré, les Roches, Lavardin, Montoire, Troô, Artins et Couture, le pays de Ronsard. Là, quittant notre département, après un parcours de 85 kilomètres, elle entre dans celui de la Sarthe; de là, dans celui de Maine-et-Loire, où elle va se jeter dans la Sarthe, au-dessous de Briolay, après un parcours total de 240 kilomètres et ayant présenté, en moyenne, une largeur de 21 mètres. A partir de Vendôme, ce précieux cours d'eau pourrait certainement être rendu navigable, et depuis combien de temps ce projet n'a-t-il point été conçu et dressé? Mais notre pauvre ville est toujours réduite, hélas! à en attendre la réalisation! Ce n'est donc qu'à partir de Château-du-Loir (Sarthe) que le Loir, jusqu'à présent, est affecté à la navigation.

Qu'il nous soit permis encore une autre petite mention. Nous avons inscrit plus haut, au nombre des lieux arrosés par le Loir, et aux environs de Vendôme, le petit village de Naveil, lieu dont le nom, dit-on, est dérivé de Navis, là, le Loir autrefois étant franchi sur un bac (navis). Profitons-en donc pour ajouter que, suivant certaine chronique, ce serait dans cet endroit que Pascal, fort aimé des Oratoriens, vint faire imprimer ses *Lettres provinciales*, dont l'auteur et le lieu d'impression restèrent si longtemps soigneusement cachés. On croit que ce fut Sébastien Hyp qui se chargea de ce travail, dans une closerie dont l'habitation était creusée dans le roc, au coteau de Naveil, en sorte que le bruit de la presse ne pouvait être entendu du dehors.

Et comme humanité, — le plus insigne honneur
    A son illustre auteur !...
Or, un tel acte étant si digne et méritoire,
Chacun, dans la contrée, en garde la mémoire,
Et c'est ainsi, pour moi, qu'émerveillé, surpris,
    Tout enfant je l'appris !...
Aussi, fier de pouvoir lui donner assistance,
A mon tour, le porté-je à votre connaissance.

BEAU TRAIT D'HUMANITÉ ET DE COURAGE.

Au siècle avant le nôtre (1), un prince... aussi brillant
Que jeune, impétueux, bon, humain et vaillant,
En nos murs résidait... et, plein d'ardeur guerrière,
Dans les armes alors commençait sa carrière (2).
Un beau jour, donc, conduit par un heureux hasard,
Sur ces bords délirants... ici, sur cette rive,...
Avec bonheur partout s'égarait son regard !...
Quand... soudain... saccadée, éplorée et plaintive,
Retentit une voix implorant du secours !!...
Des ondes aussitôt interrogeant le cours,
— En ce même moment, violent et rapide, —
A leur surface il voit... un corps... se débattant...
Et, poussant force cris, contre leurs flots luttant !...
  . . . .
Tout ému, ne prenant que son cœur seul pour guide,
    Vite, il jette habits bas...
Les yeux toujours tournés vers ce point... tout là-bas !...

(1) Peu de temps avant la Révolution.

(2) Ce jeune prince était alors, je crois, colonel d'un régiment de cavalerie tenant garnison à Vendôme, et, par ses éminentes qualités, avait su conquérir l'admiration générale du pays, et tout particulièrement celle du beau sexe. Aussi, quel précieux souvenir on conservaient les dames de notre bonne ville, assez heureuses pour avoir été, à cette époque de leur jeunesse, admises dans une réunion où figurait notre illustre et beau cavalier, et surtout à l'honneur d'avoir dansé avec lui !... Quel enthousiasme quand il leur arrivait d'en parler !... Or, c'est de la bouche même de l'une de celles-ci, amie de notre famille, que, dans mon enfance, je recueillis ce récit, à la suite d'autres particularités flatteuses concernant encore ce même personnage. Et il fallait entendre son ardente parole sur tel chapitre !... voir l'expression dont elle savait l'animer ! Que n'en suis-je imprégné de même ! et que n'ai-je pu en retenir le chaleureux cachet ! Mais, à cette lointaine époque, pouvais-je donc jamais soupçonner qu'il me serait permis un jour d'oser livrer à la publicité un tel souvenir !

Et, malgré sa distance,
Malgré l'affreux danger auquel il va s'offrir,
Au milieu du courant, d'un seul bond il s'élance...
Car c'en est fait, ô ciel!... un homme va périr!!...

. . . .

Tenez... venez le voir, au péril de sa vie,
Déployer, dépenser toute son énergie...
Faire efforts... fendre l'eau de ses jambes et bras,
Pour arracher cet être aux horreurs du trépas!...
O mouvement sublime!
Digne jeune homme... hélas!
Lui-même puisse-t-il n'en être point victime!...
Non... car ce corps inerte... à présent il l'atteint...
Le soulève... l'entraîne... avec force l'étreint...
Et... vigoureusement, d'une main ferme et vive,
Haletant, épuisé, le pousse vers la rive...!
A le soustraire aux flots pourra-t-il parvenir?...
Ou... cet infortuné... va-t-il donc devenir
De toute leur fureur la trop sinistre proie?...
Oh! non... tel dévouement ne peut ainsi finir!...
Et, pour preuve, tenez... ô bienfaisante joie!
De tout danger enfin les voilà préservés...
Car voyez-les... voyez!... ils sont sur le rivage,
Et tous les deux, ô ciel!... oui, tous les deux... sauvés!!

Quel était l'auteur de cet insigne dévouement.

Qui donc ne reste ému devant tant de courage,
Et ne s'estime heureux, en lui rendant hommage?...
Eh bien!... de ce beau trait faut-il citer l'auteur...
Souhaitant que souvent il trouve imitateur?...
C'est... le héros fameux de Valmy, de Jemmapes,
Ce prince auquel le sort ménagea tant d'étapes...
Alternant tour à tour avec l'adversité...
Et la prospérité!...
Celui qui, rencontrant la juste récompense
De ses hautes vertus... un jour, le bienvenu,
Élu par le pays, au trône parvenu,
Sut doter notre France
Des plus riches trésors : la paix et l'abondance...

Et qui... mon Dieu !... pourtant!..,
Mais... éloignons d'ici souvenir attristant,
Et, reprenant courage,
Tenant autre langage,
Charmés, inclinons-nous... et sachons rendre honneur
A tel acte brillant par l'âme et par le cœur (1)!...

AUTRE SITE, DE MÊME NATURE EN NOTRE BON TEMPS JADIS.

L'*Islette* (2).

Or, tandis qu'ici même, errant à l'aventure,
Nous voici visitant tous ces différents lieux,
Venez en voir un autre, offrant même nature,
Et, dans notre bon temps, séjour délicieux!...
Mais... où donc est, hélas ! son ensemble magique?
C'est en vain que partout je jette ici les yeux,
Rien ne subsiste plus de son aspect rustique!...

. . . .
O site infortuné!
Le voilà donc, le sort qui t'était destiné!...
Et, puisque nous foulons une terre classique,
N'est-ce point là le cas d'entonner *illico*
Ce fameux vers : *Quantum mutatus ab illo!*...

(1) Un juste tribut d'admiration, du reste, nous devons l'avouer, n'a point fait défaut jusqu'ici à ce bel acte, car, — si ma mémoire me sert bien en ce moment, tant est loin de moi la source de ces documents, — à Vendôme même, la municipalité, organe de la génération témoin de ces faits, en aurait fait inscrire la mention sur les annales de la ville et décerné une médaille d'honneur à son auteur. — Depuis, — de nos jours, autant encore toutefois que je puis m'en rapporter à mes souvenirs, — la peinture, ce digne interprète, toujours à l'affût de belles actions, se serait emparée de ce noble trait, pour le retracer sur la toile.

(2) Assez vaste terrain situé au nord de la ville, baigné autrefois et par le Loir et par les eaux des fossés de la place, constituant alors de ce côté une première défense. De nos jours, ces anciens fossés avaient disparu pour faire place à un terre-plein formant un nouveau centre d'habitations, dit quartier de l'Islette. Toutefois, il restait encore la partie attenant à la ville, partie extrêmement pittoresque et tout entourée d'eaux. C'est de celle-là qu'il est question, et qui a été transformée à son tour, depuis quelques années, pour recevoir les magasins à fourrages du quartier de cavalerie et établir une communication entre ces deux établissements. Nous avons cru devoir, quant à nous, conserver à ce mot son ancienne orthographe, de même qu'on en a usé pour une petite localité des environs de Paris, l'Isle-Adam (Seine-et-Oise), cette orthographe nous paraissant peut-être plus rationnelle, eu égard, en somme, à notre sujet.

L’ISLETTE D’AUTREFOIS. — NOTRE ISLETTE A NOUS.

L’Islette!... ô lieu divin !... toi qui de la nature
Nous présentais jadis l’image la plus pure,
Le tableau le plus riche et le plus séduisant!...
Où donc est, en effet... où chercher à présent
Tout ce qui composait ta plus chère parure ?...
Ce pâtis... toujours vert.... et surtout ces ruisseaux,
En tous sens t’enlaçant de leurs limpides eaux...
Et qui t’avaient valu... simple alors et pauvrette...
      Ce doux nom de l’Islette !...
Où retrouver, hélas!... bornant ton horizon,
Ce bel arbre, autrefois de son puissant ombrage
      Couvrant tout le gazon
      De son cher voisinage!
      Et qui... dans ses rameaux,
Mollement abritant tant de races d’oiseaux,
Contre tous les dangers sûrement préservées,
Vit naître par milliers leurs joyeuses couvées?

HÔTES DE CES OMBRAGES.

Leurs charmantes évolutions.

Ah! quel bonheur c’était de s’étendre à couvert,
      Sous son tendre feuillage !
      D’ouïr tout ce ramage,
      Ce ravissant concert!...
D’observer les ébats de cette gent ailée,
Partout, de branche en branche, heureuse, sautillant,
Se donnant la becquée... ou bien se chamaillant...
Et, par suite, souvent, engageant la mêlée,
Unguibus et rostro vertement bataillant !...
Quel doux transport!... à voir... s’abattant sur ces rives,
Ces cohortes... d’abord... hésitantes... craintives,
      En files s’y ranger!...
Puis, bientôt... avec soin cherchant l’endroit où l’onde
      Etait le moins profonde,
Se rassurant alors... s’empresser d’y plonger...
      Frêles et délicates,
      Leurs si gentilles pattes!...

Couronnement de ces ébats. — Fuite à tire d'aile.

Ce manége achevé,
Les voyez-vous... soudain... d'un mouvement rapide,
Tremper leur petit bec dans l'élément liquide ?...
Puis, l'ayant relevé...
L'y plonger de nouveau... le redresser de même !...
Et, dans ce doux besoin sentant un bien extrême,
Maintes et maintes fois recommencer encor ?...
. . . .
De guerre lasse enfin... et leur soif étanchée...
Regardez !... ah ! voilà toute notre nichée
Qui promptement s'envole et reprend son essor...
. . . .
O douce jouissance !
Délicieux moments
De notre chère enfance,
Où donc est aujourd'hui cette félicité ?...

Notre cruauté à l'égard de ces innocentes créatures.

Mais... pourtant... l'avouerai-je ?... A tant de volupté
Et si tendre innocence,
Se mêlait... trop souvent... acte de cruauté !...
Car, que de fois alors, tout le long de ces rives,
Par nous furent tendus de perfides gluaux...
Couvrant de leur enduit ces malheureux oiseaux !...
Et, sans souci des cris de ces bêtes plaintives,
Se sentant tout à coup rester ainsi captives,
Quelle était notre ardeur à courir les saisir !...
Puis... quel cruel plaisir
Nous prenions aussitôt... les emportant en cage,
A les livrer au joug de l'affreux esclavage !...
. . . .
Pauvres chardonnerets,
Gais pinsons, sansonnets,
Rouges-gorges, linots, merles, geais et fauvettes,
Et vous encore aussi, gentes bergeronnettes

Sans cesse sautillant,
Et constamment la queue en l'air se brandillant,
Oh! que de fois, mon Dieu !... malheureuses victimes !
Dans nos piéges, hélas !... tous vous entortillant,
Vous devîntes ainsi nos dépouilles opimes !...

Conduite parfois tout opposée.

Cependant, soyons vrais et justes envers nous...
Et suspendons un peu l'effet de ce courroux !...
Car si, bien trop souvent, oui, nous fûmes barbares,
Nous fîmes preuve aussi quelquefois de bonté,
En laissant ces oiseaux partir en liberté !...
Cas, par malheur ! sans doute... infiniment trop rares !...
Mais dont l'honneur pourtant doit nous être compté,
Et nous valoir aussi quelque part d'indulgence,
De nos méfaits alors ayant peu conscience !...

FAMILIERS HABITUELS DE NOTRE ISLETTE D'AUTREFOIS.

La mère Marcilly et son cortége inséparable.

Oh ! je n'ai point encore terminé ce tableau,
Tant mon cœur se souvient... tant ce cher lieu me touche!...
Laissez-moi donc ici, reprenant le pinceau,
Lui donner, en courant, cette dernière touche,
Sous peine d'oublier le plus piquant morceau !...
Car... j'aperçois là-bas... de sa cornette ornée...
La mère Marcilly... sa quenouille au côté,
Qui, sous un saule assise... et, toute la journée,
Dévidant son fuseau, d'un air de volupté,
Surveille... l'œil au guet... ses charmantes génisses,
Sur l'herbe folâtrant avec tant de délices !!...
Voyez-la, maintenant, après elles courir,
Et, sans plus discourir,
Les frappant, les cinglant de sa verte houssine,
— Pour avoir dépassé la lisière voisine,

Ou bien voulu se joindre à maître Aliboron, —
Le tout assaisonné d'un horrible juron !...
Ah ! dame !... sachez-le... notre rude commère
N'allait point de main morte en aussi grave affaire !...
Aussi, combien de nous... qui voulaient la gouailler,
Se sont vus, ô mon Dieu !... maintes fois houspiller
De la même manière !...
Et souvent même aussi, pour tromper sa fureur,
A leur honte... obligés de fuir comme un voleur...
Et, parfois, à pleins pieds de franchir la rivière !...

Portrait de la mère Marcilly.

C'est que la Marcilly, volontiers, voyez-vous,
Se mettait en courroux...
Fort difficilement entendant la raillerie !...
Cependant... elle avait ses jours de belle humeur,
Et l'on pouvait la voir — quelle bizarrerie ! —
Se prêter quelquefois à la plaisanterie...
Témoin ce dialogue avec certain moqueur :
« Bonjour, la mère à l'âne !...
— Bonjour, mon cher enfant !... »
Hein !... quelle répartie, au gars l'apostrophant !...
Oh ! pour sotte, en effet... la brave paysanne...
Ne l'était pas du tout,
Et chacun avec elle attrappait son atout !...
Au fond... quoi qu'il en soit... pas un seul brin méchante...
Revêche... ah ! oui... même aussi violente,
Mais, en somme, fort bonne et le cœur sur la main !...
Car sa huche, en tout temps, abondamment fournie,
Pour les pauvres s'ouvrait... et, sans parcimonie,
Leur présentait toujours un bon morceau de pain !...

. . . .

Eh bien ! devais-je donc vous passer sous silence
Une si digne femme... avec un tel éclat,
Animant tout ici par sa chère présence ?...
Oh ! non... je ne pouvais être à ce point ingrat !...
Et, sous cet autre aspect : d'art et de paysage,
Se priver de plein gré d'un si vif incarnat,
N'eût point été le fait de peintre habile et sage ;
Aussi, point n'est de trop cette fidèle page.

L'ISLETTE D'AUJOURD'HUI.

Parallèle avec celle d'autrefois.

Nouveau champ de foire aux bestiaux.

Voilà donc quel était cet admirable lieu,
Ce ravissant séjour... qui s'appelait l'*Islette!*...
Mais, l'*Islette* d'alors... toute simple... et jeunette!...
Qu'est-elle devenue?... Oh!... jugez-en, mon Dieu!...
   Une route grossière...
Ne montrant constamment, et suivant la saison,
   Que fange... ou que poussière...
S'étale où là, jadis, régnait un doux gazon...
Où ne brillaient partout qu'arbrisseaux et verdure...
Et tous les chers trésors de la riche nature!!...
Ah!... vous cherchez en vain tous ces nombreux ruisseaux...
Vous n'en entendrez plus le gracieux murmure,
Ni le gazouillement des pléiades d'oiseaux!!...
Ces doux concerts, ô ciel!... écoutez, je vous prie,
En voici maintenant l'exacte mélodie :
Les horribles jurons du manant charretier,
Criaillant, gourmandant, frappant son attelage!...
Ou bien, les pas pesants du vigilant troupier,
   Allant, de son quartier,
Dans ces lourds bâtiments bordant ce voisinage,
Chercher, pour ses chevaux, le bienfaisant fourrage!...
Et puis, encore aussi... tous ces accords charmants,
Si doux... qu'à les entendre ici chacun se damne!...
Car ce sont de la voix ces riches agréments...
De la chèvre... du porc... de la vache... et de l'âne...
   Venant, chaque saison,
   A jour périodique,
Réjouir les échos de leur noble musique,
   Au si cher diapason!!...
En ce lieu maintenant se trouvant transportée
Une foire aux bestiaux, jadis ailleurs hantée!!...

Où était situé, de notre temps, ce fameux champ de foire.

De notre temps à nous,
Ah! c'était, en effet, une tout autre histoire,
Car, pour qui désirait visiter cette foire,
Il fallait sur le *Mail* (1) se donner rendez-vous!...
Mais, désolé d'avoir, dans tout son voisinage,
Pendant un jour entier,
Tel infect assemblage...
Et surtout de l'ouïr braire, beugler, crier...
Bientôt tout le quartier,
A grands cris, réclama que, plus loin de la ville,
De grâce on s'empressât de lui donner asile...
Tel spectacle, en ces lieux,
De bonne foi, choquant et souillant tous les yeux!...
Or, comme à point tout vient, lorsque l'on sait attendre,
Justiciers et plaignants finirent par s'entendre,
En faisant transporter ce champ de foire ici.
C'est donc depuis ce temps, venant à leur souci
Mettre enfin, quoique tard, de légitimes bornes,
Que nos bons habitants ne comptent plus ainsi,
Au milieu d'eux alors... tant de bêtes à cornes!...

. . . .

Aussi, convenez-en, triste retour, hélas!
Des choses d'ici-bas,
Non... non... décidément... ce n'est plus là l'*Islette!*...

Conséquence du progrès.

Que je t'aimais bien mieux... à tes si lointains jours,
O chère terre alors si pure et si simplette...
— Et pourtant... on le sait... tant pimpante et coquette!... —
Que parée aujourd'hui de tous ces faux atours,

(1) Le Mail, sorte de cours, au nord de la ville, longeant une partie du bras droit du Loir, bordé : d'un côté, de maisons, et de l'autre, d'une rangée d'arbres courant parallèlement à la rivière. C'est, à proprement parler, un véritable quai; aussi, se demande-t-on, avec étonnement, pourquoi figure à son entrée cette inscription : *Rue du Mail!* Les mots ont-ils donc aujourd'hui, dans notre bon pays du Vendomois, une autre acception que partout ailleurs? On serait presque tenté de le croire, quand on trouve encore, à quelques pas plus loin, dans l'intérieur de la ville, cette autre mention de : *Rue du Puits,* affectée à une voie entièrement sans issue à son autre extrémité, et qui, par conséquent, n'est autre chose qu'une impasse. Quoi qu'il en soit, ce mail, comme l'indique ce vocable même, devait être primitivement une sorte de terrain spécialement destiné aux amateurs du jeu de mail, et qui, plus tard, a dû faire place successivement aux habitations.

Au concours seul de l'homme empruntant leur parure,
Et rejetant partout celle de la nature!...
. . . .
Sans doute, je le sais, du progrès c'est la loi,
Qui... partout s'adressant, frappe, brise, transforme,
Et donne à chaque chose une nouvelle forme!...
   C'est très-vrai!... Mais, pour moi,
Qui, dans tous ces objets... dans tous ces lieux caresse
   Un si cher souvenir!...
Pour moi... qui, par malheur!... vais poussant la faiblesse
Jusqu'à revoir toujours... avec force plaisir
   Et réelle tendresse,
Toute chose quelconque... en tant qu'ancien témoin
   Des jours de mon enfance...
Un champ... une masure... ou le moindre recoin...
Enfin... n'importe quoi... de vieille connaissance...
Ah!... tout en respectant votre loi du progrès,
Laissez-moi leur payer ce tribut de regrets,
De si doux sentiments et de reconnaissance!...

Enseignement pouvant ressortir de ces faits.

Voilà bien de tes coups, implacable destin!
Et quel enseignement dans ces choses humaines,
Que nous voyons ainsi fragiles, incertaines,
Changer si brusquement, du soir même au matin!...
Mais, pour les pénétrer, nos lumières sont vaines...
Et qui de nous n'y perd tout son pauvre latin?...

Halte parfois nécessaire.

Ah! combien nous aurions encore, à juste titre,
De matière à fournir sur ce même chapitre!...
Mais il est à propos de savoir s'observer,
Si sagement l'on veut en temps propre arriver.
Pour que notre esprit donc un instant se repose
D'une course aussi longue en si constant sujet,
Faisons, pour le moment, une légère pause,
Remettant à plus tard la fin de ce trajet.

TABLE DES MATIÈRES

Paris. — Imprimerie Gauthier-Villars, 55, quai des Grands-Augustins.